Über den Dächern von ARTA

Gedichte

von

Karin Hübner/
Mallorca

Karin Hübner/

Mallorca

ÜBER DEN DÄCHERN VON ARTA

Impressum

Bibliografische Information der Deutschen
Nationalbibliothek:
Die Deutsche Nationalbibliothek verzeichnet diese
Publikation in der Deutschen Nationalbibliografie;
detaillierte bibliografische Daten sind im Internet über
http://dnb.dnb.de abrufbar.

Fotos: Einige Fotos wurden freundlicher weise von
<u>Monika Umland</u>, Cala Ratjada, zur Verfügung gestellt!

Herstellung und Verlag: BoD – Books on Demand,
Norderstedt

ISBN: 978-3750434899

Inhaltsverzeichnis

1. Über den Dächern von ARTA

Über den Dächern von ARTA schweift mein
Blick, und ich schau in die Vergangenheit
zurück.

Die spanischen Dächer im Sonnenlicht, sie
Leuchten und sehen dabei selbst aus wie ein
Gedicht.

Viele Geschichten werden unter den Dächern
sein, ich träume vor mich hin, ich Träume mich
in sie hinein.

Meine Gedanken sind tief in den Häusern mit
den schönen Dächern.

In neu und alt, in warm und kalt, über den
Dächern von Arta werde ich gern Alt.

Meine Gedanken Schweben hin und her, mein
Herz ist so froh und trotzdem schwer.

Die Dächer von Arta, ich Liebe sie sehr!

2. In Liebe für immer

Endlich bist Du da, so süß und so klein, Du schreist so laut und ich find es fein. So kleine Händchen und so kleine Ohren, ich lieb Dich für immer, ich habs mir geschworen.

Die Äuglein schauen mich an, voll Vertrauen, ja, ich verspreche Dir, Du kannst auf mich bauen. Ich bereue keine schlaflose Nacht, denn Du hast mir endlose Liebe gebracht!

Die Sorgen, die Schmerzen, alles vorbei, nun sind wir für immer zusammen, wir zwei.

Gemeint bist Du, mein Baby, mein Herz, Du wirst mir bringen viel Freude aber auch Schmerz.

In Liebe für immer!

3. Es ist vorbei

Es ist vorbei, ich sag Dir warum, es gibt keine Gespräche mehr, wir bleiben oft stumm! Und ich sage es aus vollem Schmerz, bei dem Gedanken bricht mir das Herz.

So viel Jahre, sie waren so schön, warum müssen wir auseinandergehen? Ich seh Deine Augen und ich seh die Zeit, die wir gegangen sind zu zweit.

Wir haben so viele Probleme gesehen und uns geschworen, gemeinsam durch sie zu gehen, das haben wir immer wieder getan, und neu angefangen, ganz spontan!

Ich frage mich nun, wo haben wir uns verloren, was sollen wir tun?

Es ist vorbei, es sagt sich so leicht, und doch so schwer, aber, es gibt keine Zukunft mehr!

Es ist vorbei, es tut mir so leid, es war eine wunderschöne Zeit.

Und trotzdem, es ist vorbei!

4. Sonnenstrahlen

Ich wache auf und seh den ersten
Sonnenstrahl am Morgen, lieg noch im Bett und
fühle mich geborgen!

Ich fühle den Schlaf noch in meinem Gesicht,
nein, ihr meine Sorgen, ich will euch noch nicht!

Noch einen Moment, ich Kuschel mich ein,
und fühl am offenen Fenster den Sonnenschein.

Langsam wachen jetzt auch meine Glieder
auf, hallo Tag, was bringst Du mir, ich warte
schon drauf.

Die ersten Sonnenstrahlen sie machen mir
Mut, und plötzlich weiß ich, alles wird gut!

5. Der Himmel

Der Himmel ist fern und doch so nah, Du bist
fort und doch da.

Ich schließe die Augen und Träume von Dir,
doch Du bist weg und trotzdem hier.

Lang ist es her, das wie uns gesehen, Tränen
in meinen Augen, was ist nur geschehen?

Oft denke ich Dich herbei, und weiß, es gibt
noch das Glück für uns zwei!

Ich sitz auf der Bank, unser Baum hinter mir,
ich schaue ihn an und schreibe Dir.

Eine Stimme, die sagt: Du brauchst mir nicht
schreiben; ich bin doch schon da.

Jetzt Träumen wir beide, der Himmel ist nah,
und ich weiß, Du bleibst jetzt für immer da!

6. Morgen

Morgen sehen wir uns wieder, dann ist
gestern endlich vorbei, ich freu mich auf unser
Leben, ich freu mich auf uns zwei.

Täglich mach ich meinen Job. Fragt man mich,
bist Du glücklich, so sag ich. ….und ob!

Heute habe ich empfunden, der Tag hat viel
zu viele Stunden.

Die Uhr geht nicht mehr weiter, sie steht
plötzlich still und stumm. Wann geht denn
endlich die Zeit für mich um?

Es ist Abend und die Nacht begann, wenn der
Morgen dann da ist, fang ich wieder zu Tanzen
an.

Dann Tanzen wir endlich, wir zwei, die Zeit
des Wartens ist endlich vorbei!

7. Der Wolf

Der Wolf schon immer als Fabelwesen
bekannt, ist mystisch und wird immer böse
genannt;

der Wolf, er soll böse sein, einig der Mensch,
der ist gemein.

Jahrhunderte wird so getan, als greife der
Wolf den Menschen an.

Aber, wer hat es jeh gesehen? Niemand, es ist
ja noch nicht geschehen!

Der Wolf ist so schön und lebt nur im Wald.
Wenn Menschen weiter so tun als wäre er böse,
vermisst Ihr ihn bald!

Versucht doch, mit diesem Wesen zu leben,
dann habt Ihr Euch gegenseitig so viel zu
geben!

8. Meine Freundschaft

Es ist schön, Dich täglich zu sehen, schön mit
Dir Spazieren zu gehen.

Auch wenn Du es nicht weist, Du bist so
schön, könntest Dich nur mal im Spiegel sehen.

Wir sind uns so treu, wir zwei, unsere Zeit
geht nicht so schnell vorbei.

Immer wenn wir zusammen gehn, und uns
täglich sehn, dann erzähl ich Dir meine Sorgen,
das macht mir Mut und ich weiß, Du verstehst
mich so gut!

Du schaust mich an, deine Augen verträumt,
würde ich Dich nicht kennen, ich hätt was
versäumt!

Ich spreche zu Dir, aber Du hältst den Mund,
es sei denn, Du bellst wie mein Lieblingshund!

9. Ziel

Ich gehe meinen Weg und suche mein Ziel;
wo will ich denn hin, noch weiß ich nicht viel.

Ich laufe und laufe, ich dreh mich nicht rum.
Werd ich es finden, für mich ist es wichtig, drum
laufe ich und dreh mich nicht um.

Es muss doch mehr geben als bisher erlebt,
ich laufe und laufe, bis die Erde bebt.

Plötzlich fällt mir auf, die kleinen Dinge des
Lebens, sie sind so schön, jeden Tag, ich freu
mich jetzt drauf.

Wieder zu gehen das ist gut, nun geh ich
wieder langsamer, und hab wieder Mut.

Ich schau rechts, ich schau links, und sehe
jetzt soviel, ich glaube, das ist schon ein Ziel!

Drum auf ich und lauf, ich kann jetzt
langsamer gehen, und freue mich drauf, mein
Ziel zu sehen.

10. Irgendwo

Vielleicht kommen wir irgendwann mal
irgendwo an;

aber wenn wir nicht losgehen, werden wir es
auch nicht sehen. Die ersten Sonnenstrahlen
streifen im Bett, mein Gesicht lächelnd denk ich,
steh ich jetzt auf oder nicht?

Diese Frage zu stellen ist nicht wirklich Weise,
also steh ich nun auf, aber ganz leise.

Mein Schatz der schläft noch, und das darf sie
auch, das ist unser System, das ist unser
Brauch!

Die Dusche wäscht aus den Augen den letzten
Traum, weiter zu schlafen, das geht nun kaum.

Ich denke noch einmal daran, vielleicht
kommen wir irgendwann mal irgendwo an!

11. Auf einmal war ich Alt

Ich sitze allein im Park auf der Bank, ich
musste einfach mal raus, sonst werde ich krank,
das Leben geht mir durch den Sinn, ich war
doch gestern noch jung; doch plötzlich merke
ich, wie Alt ich schon bin.

Man kann es so sehen, wie man will, es ist
immer noch lange nicht still. Es kommt drauf an,
was man so tut, steht auf, erlebt was, das
macht wieder Mut. Ich geh in die Natur und
kümmer mich um Tiere, und merke dann
immer, alles wird gut.

Am liebsten beschäftige ich mich um Katz,
Maus und Hund; ich bin zwar nun Alt, aber mein
Leben bleibt bunt.

Ich sitz auf der Bank und merke schon bald,
auf einmal war ich Alt!

12. Die kleine Katze

Ich gehe spazieren und genieße die Natur, der
Weg ist verschneit so kalt und schön, da seh ich
eine Katzenspur und versuche, ihr auf den
Grund zu gehen.

Sie führte weit in den Wald hinein, ich müsste
zwar umkehren, doch das fällt mir im Schlaf
nicht ein. Ich folge weiter, den kleinen Pfoten,
so unendlich klein, wo mag das Kätzchen jetzt
nur sein? Und doch geh ich immer weiter in den
Wald hinein.

Ich blieb stehen und schaute mich um, doch
dann, ein kleines Miauen und ich dreh mich um.
Ein kleines Kätzchen, so schwarz wie die Nacht,
hat auf sich aufmerksam gemacht.

Ganz still saß sie nun und schaute mich an,
ich nahm sie auf den Arm, und wir gingen dann.

Das Kätzchen, sie blinzelt die Kleine, es war
jetzt klar, sie war jetzt meine!

13. Es ist nie zu spät

Es ist schon spät, ich geh jetzt zu Bett; denke
noch über den Tag, er war ja ganz nett.

Eigentlich hätt ich gern mehr Abenteuer, noch
will ich viel wissen, noch brennt mein Feuer!

Ich weiß, es liegt an mir allein, liege im Bett
und sehe den Mondenschein. Es muss sich was
Ändern, es ist nie zu spät, dieses Leben, ich
hatte es selbst gesät

so langsam schlafe ich ein, hoffe, der Traum
wird mein Helfer sein.

Ich wache auf, die Sonne, sie war noch nicht
da, plötzlich war mir nach dem Traum alles klar.

Mein ganzes Leben, das Krempel ich jetzt um,
denn ich weiß, meine Lebensuhr ist noch lange
nicht um! Dynamisch starte ich in den Tag,
überlege, wie ich es meinem Partner sag.

Das Gespräch lief anders als gedacht, warum
hab ich mir eigentlich Sorgen gemacht?Ich sagte
ihm, ich verlasse das Land, er sagte sofort, ich
komme mit und hielt meine Hand.

Zusammen gehen wir jetzt in ein Abenteuer, bleiben
uns treu; auf geht's, man glaubt nicht, wie ich mich
freu!

14. Ein Kind zieht aus

Ein Kind zieht aus, es muss wohl sein,
trotzdem steh ich da und wein!

Ich schau es an und mach ein Scherz, in
Wirklichkeit blutet mein Herz.

Die Zeit vom Baby bis jetzt, was ist da alles
geschehen, man muss ehrlich sein, sie war nicht
immer schön.

Trotzdem, man liebt sein Kind immer sehr,
auch wenn es erwachsen ist, vielleicht dann
noch viel mehr.

Nicht nur für die Kinder fängt ein neues Leben
an, nein, auch wir Eltern sind jetzt dran, zu
Üben, wie es ohne wär; ganz ehrlich, es ist sehr
schwer.

Es ist nun mal so, immer wenn wir uns sehn,
bin ich sehr froh,

nun denke ich dran, auch als Paar fängt jetzt
ein neues Leben an!

15. Der Regenbogen

Ich laufe und laufe, ich seh es nicht mehr, das Ende des Regenbogens, mein Herz wird ganz schwer. Ich muss weiter und weiter, es wird immer trauriger für mich, wo ist das Ende, wo sehe ich Dich? Ich muss weiter und weiter, es ist so wichtig für mich, denn am Ende des Regenbogens warte ich auf Dich! Der Regenbogen, so wunderschön, in vielen Farben anzusehen; in Rot in Grün in Gelb und Blau, doch langsam glaub ich, es war nicht sehr schlau.

Am Ende des Regenbogens wollte ich Dich wiedersehen, aber, wie weit muss ich noch gehen? Ich finde das Ende des Regenbogens nicht mehr, was mach ich nur, ich sehne mich nach Dir!? Und dann, ich glaube es nicht, in weiter Ferne, seh ich dein Gesicht. Und über Dir traumhaft schön, ist der Regenbogen endlich zu sehn!

Ich laufe schneller, voller Hoffnung für mich, jetzt glaube ich es doch, am Ende des Regenbogens warte ich auf Dich, gemeinsam suchen wir das Ende dann noch! Du und ich und der Regenbogen, er ist nun weitergezogen. Irgendwann werden wir ihn wiedersehen, es bleibt weiter für mich; am Ende des Regenbogens warte ich auf Dich!

16. Weihnachten

Weihnachten, jedes Jahr dasselbe Spiel; wir
Schenken nichts, dann wieder viel.

Es ist doch schön, die Familie zusammen,
bloß, gibt es keine Geschenke, ist die
Enttäuschung groß.

Enttäuschung soll doch Weihnachten nicht
sein, deswegen gibt es wie immer Geschenke,
und sind sie noch so klein!

Und ehrlich, es ist doch auch schön, wenn
man beschenkt, bedeutet es doch, dass man
liebevoll an sich denkt.

Also freun wir uns nun auf die Feste, und
heißen willkommen unsere Gäste.

17. Ich hab es Dir so oft gesagt

Ich hab es Dir so oft gesagt, wer nicht
gewinnt, hat nicht gewagt; drum stehe auf wenn
Du gefallen bist, weil Liegenbleiben keine
Alternative ist.

Jeder weiß es und glaubt, dass er es tut, aber
es ist nicht leicht und bedarf auch Mut.

Drum laufe nicht so schnell, damit Du nicht
fällst, und dir nicht selber Beine stellst!

18. Mädchenfreundschaft

Wir spielten im Schlamm und im Dreck, im
Wald fangen und Versteck; wir haben geweint
und gelacht und heimlich Dummheiten gemacht.

Wenn Eltern uns fragten, wer es denn war,
natürlich wir beide, das war doch klar!

Oft denk ich zurück an diese Tage, wo bist Du
nur, ist meine Frage; nichts konnte uns trennen
uns zwei, aber plötzlich war alles vorbei!

Wir spielten gemeinsam im Dreck und tanzten
durch die Nacht, auf einmal bist Du weg, was
haben wir falsch gemacht?

Alles habe wir uns erzählt, uns gemeinsam
durch Liebeskummer gequält, Gruselfilme
geschaut und uns Lippenstifte geklaut.

Mein Gott war die Zeit schön, jetzt weiß ich,
muss Dich unbedingt Wiedersehen!

19. Blumen

Immer noch schau ich mir die Blumen an, die
ich vor Jahren von Dir bekam; ich pflegte sie,
damit sie noch immer stehn, und in der
Hoffnung, Dich wieder zu sehn!

Leider hab ich Dir nicht zugehört, Du warst
nicht schuld, ich hab mich selbst gestört.

Ich schau die Blumen an und denk an die
Zeit, was haben wir alles erlebt zu zweit.
Würdest Du heute vor mir stehn, ich würde Dich
mit anderen Augen sehn.

Heute weiß ich, dass man Worte vorsichtig
wählt, am Ende doch nur die Liebe zählt.

Man weiß vieles erst besser hinterher, denn
leider fällt die Umkehr schwer.

Ich stell die Blumen nun wieder hin und
langsam gehst Du mir wieder aus dem Sinn!

20. Abschied

Immer noch schau ich mir die Blumen an, die
ich vor Jahren von Dir bekam; ich pflegte sie,
damit sie noch immer stehen, und in der
Hoffnung, Dich wieder zu sehen!

Leider hab ich Dir nicht zugehört, Du warst
nicht schuld, ich hab mich selbst gestört.

Ich schau die Blumen an und denk an die
Zeit, was haben wir alles erlebt zu zweit.
Würdest Du heute vor mir stehen, ich würde
Dich mit anderen Augen sehen.

Heute weiß ich, dass man Worte vorsichtig
wählt, am Ende doch nur die Liebe zählt.

Man weiß vieles erst besser hinterher, denn
leider fällt die Umkehr schwer.

Ich stell die Blumen nun wieder hin und
langsam gehst Du mir wieder aus dem Sinn!

21. Tagträume

Morgens, wenn die Sonne am Himmel steht,
der Mond so langsam schlafen geht, fängt mein
Arbeitstag jetzt an; und, wenn ich wieder
Schlafen geh, was dann?

Ich geh nicht wieder ins Bett, ich wünsch mir
mein Tag, und hoffentlich nett.

Täglich denk ich an ein Murmeltier, denk ich
an mich oder träum ich von Dir? Geh ich dort
hin oder bleib ich hier?

Was mein ich mit dort, ich weiß es nicht, ich
schau in den Spiegel, in mein Gesicht.

Genug der Träumereien, jetzt ist er ganz da,
der Sonnenschein.

Ich geh meinen Weg, ich werde schon sehen,
wohin der Tag heute gehen?

Aufjedenfall ist er jetzt mein, ich freu mich auf
den Tag, wenn nur das Murmeltier mich nicht
mehr mag.

Erst dann, ich werde es sehen, werde ich
einen anderen Weg nun gehen!

22. Der Himmel

Am Abend, wenn ich in den Himmel seh, noch
ein bisschen Spazieren geh, denk ich über die
Welt nach; und habe dabei oft ein ach!

Der Himmel ist so schön, wenn tausend
Sterne dort oben stehn. Es tut so gut, der
Spaziergang durch die Nacht, sie hat mir so viel
Entspannung gebracht.

Nur die Nacht und die Ferne, meine Gedanken
gehen weit in die Ferne.

Langsam wird es frisch, ich geh nach Haus,
und geht es mir schlecht, dann geh ich einfach
wieder raus!

23. Alles hat seinen Sinn

Keiner hat es jeh geahnt, was für ein Unglück
sich anbahnt; man konnte nicht im Voraus sehn,
was alsbald würde geschehn!l war alles vorbei,
alles, was wir uns erträumt, wir zwei.

Was wir auch wollten, jetzt war alles fort,
wären wir nur nie gewesen, an diesem Ort!

Heute weiß ich, alles hat seinen Sinn, wenn
ich im Moment auch noch traurig bin.

24. Kinder

Es ist morgens, ich muss was tun, denn erst am Abend kann ich wieder Ruhn. Die Kinder sind zur Schule raus, ich Putze nun das ganze Haus.

Abwasch, Wäsche, Fenster Putzen, Fegen, wenn man mir sagt, Du musst Dich mehr bewegen, könnte ich mich vor Lachen auf den Boden legen.

Es ist Mittag, die Kinder wollen essen, kaum sind sie zu Haus, fangen sie an zu stressen.

Schularbeiten, mit den Kindern Lachen, alles macht Spaß; wenn wir fertig sind, bin ich schweiß nass.

Kinder sollen sich fühlen geborgen, und jeden Tag macht man sich um sie Sorgen.

Dann kommt der Mann, er will gehört, doch ehrlich, du fühlst dich oft gestört!

Er fragt, was hast Du heute denn getan, ich hol tief Luft und schau ihn böse an.

Egal, er will es nicht verstehen; komm, lass uns endlich Schlafengehen.

Und Morgen Früh, ich denk schon dran, fängt alles wieder von vorne an!

25. 18

Ab 12 bis 16 Jahr denkst du, hoffentlich ist bald die 18 da.

Der Körper macht was er will, die Eltern, sie sind nur noch peinlich; ich Träume, ich bin schon 18, still und heimlich!

Jetzt bin ich 20, das Leben strengt an, und doch, jetzt ist Erwachsensein dran. Das Leben geht weiter, Tag aus Tag ein, nun bin ich gebunden, das erste Kind ist noch so klein; heute weiß ich, ich würde zufrieden sein!

Die Kinder sind nun groß und peinlich bin nun ich, wie sich alles wiederholt, ich wundere mich.

Je älter ich werde, ich wünschte, ich wäre noch ein Junge, ich sags den Kindern nicht, ich beiß mir lieber auf die Zunge.

Ich wünsche ihnen, dass sie auch dürfen, Träumen, wenn sie schon 18 wären; das sollten auch sie nicht versäumen.

26. Sterne

Ich stehe hier und zähle die Sterne, denke
endlich an Dich, in weiter Ferne; ich allein an
diesem wunderschönen Ort, und kann kaum
Glauben, Du bist fort

ich Denke hin und her, warum haben wir uns
getrennt, ich weiß es nicht mehr.

Ja gut, wir trauten uns und liebten uns doch,
ich bin so traurig und träume noch.

Die Sterne strahlen hell, man kann sie nicht
Zählen, ich bin drum und dran, deine Nummer
zu wählen.

Ich dachte, wir werden zusammen alt, aus ist
der Traum, es schmerzt halt.

Sollten wir und einmal wiedersehen, werd ich
Dir noch mal meine Liebe gestehen.

Solange träume ich, es wird ein Wunder
geschehen, und lasse jetzt die Sterne ziehen!

27.

Ich hab ein Leben lang um Dich geweint,

bin traurig,

auch wenn jetzt die Sonne scheint!

28. Vier Jahreszeiten

Wenn endlich wieder die Blumen blühn, die
Gräser wieder Grün, dann kommt die Zeit, das
wir uns Wiedersehn.

Der Duft von Frühling, der Winter ist passe,
kein Rutschen und Fegen von Schnee; wieder
grüne Blätter an den Bäumen, keinen Moment
des Frühlings möcht ich versäumen.

Frühling Frühling, du lieblicher Duft, die Liebe
liegt durch dich in der Luft.

Dann kommt der Sommer, wie erwarte ich ihn
sehr, ich freu mich auf Sonne, will mehr und
mehr!

Der Herbst wird dann auch anders schön, und
dann kann ich auch wieder den Winter sehn.

Die Wärme zu Haus, das Kuscheln im Bett,
das macht den Winter auch wieder nett!

So geht es jahraus jahrein, so kann jede
Jahreszeit auf ihre Art auch schön sein!

29. Mutter sein dagegen sehr

Das nennt man Kindheit; was glaubt Ihr denn,
wie ich für meine Kinder durchs Leben renn.

Drei an der Zahl, sie Tanzen mir auf der Nase
rum, trotzdem macht es Spaß, sei es drum!

Bist du fertig mit dem Dritten, fängst du
wieder von vorne an, warum hatte mir das
keiner gesagt? Oh man! Glaube Mutter hat es
mir erzählt, und ich habe wieder mal nicht auf
Zuhören gewählt.

Dann merk ich, alles für meine Kinder zu tun,
und erst wenn sie Erwachsen sind, kann ich
wieder Ruhn!

Habe ich gedacht, stimmt nicht mehr; jetzt
sind die Sorgen genauso schwer.

Was wäre nur das Leben ohne sie, vermissen
möchte ich sie nie!

Sie Nerven, sie machen Freude, Gott sein
Dank, die Kinder sind da, ja, das nennt man
Kindheit, hurra hurra!

30. Was

Komm, lass uns heut durchs Leben
Schlendern, wir Wissen beide, wir müssen etwas
Ändern.

Die Frage ist, nach dieser Nacht, was hat uns
das Leben bisher gebracht? Was??

31. Ich will Raus

Wenn morgens die Sonne am Himmel steht,
der Mond nun endlich schlafen geht, die Vöglein
fangen an zu singen, wir aus unseren Betten
Springen.

Ob man es will oder mag, nun fängt er an, der
neue Tag! Die Mühle, sie geht wieder los, es fällt
mir schwer, was mach ich bloß?

Ich glaube, ich kann noch etwas Ändern, und
fröhlich dann durchs Leben Schlendern

immer dasselbe, ich muss da raus, mit
„immer dasselbe", ist jetzt aus!

Nun fang ich erst mal die Arbeit an, wie es
weitergeht, das sehen wir dann!

32. Freundschaft

Wenn wir gemeinsam Spazieren gehen,
unterwegs dann Freunde sehn, gehen wir ein
Stück gemeinsam und fühlen uns dann nicht
mehr einsam.

Es macht doch so mehr Spaß, ob
Sonnenschein oder Nass.

Wir gehen zusammen, Berg ab und Berg auf,
und freuen uns immer wieder drauf.

Gemeinsam gehen ist großes Glück, und sei
es nur ein kleines Stück.

Wir schätzen Freundschaft wirklich sehr, und
haben wir sie, was wollen wir dann noch mehr?

33. Karma

Würde ich das Leben noch einmal so machen?

Nein!

Das nächste mal mehr Spaß und mehr
Lachen.

Positiv Denken, hin und her, bei meinem
Karma, ziemlich schwer.

34. Liebe und Licht

Für Hunderte Menschen waren wir da, jetzt
sind wir Alt und allein, hurra.

Aber Ihr, die uns vergessen, Ihr werdet es
sehn, Euch wird es irgendwann genauso gehn!

Ihr Menschen da draußen, wir Wünschens
Euch nicht.

OK, bis dahin,

viel Liebe und Licht!

35. Der Wald

Ich geh durch den Wald, man glaubt es kaum,
was steht denn da?

Baum an Baum!

Ich lebe in der Stadt und seh davon nicht viel,
deshalb war der Wald mein erstes Ziel.

Ich spüre den Frieden und die Energie, ich
glaubte es nie!

Und nun ist mir klar, dass ich immer wieder in
den Wald fahr.

Um mir wieder Energie zu holen, hatte ich mir
Zeit dafür gestohlen.

36. Leben

Wenn Du morgen keine Sonne mehr siehst, in der Zeitung nur noch Negatives liest, dann ist es Zeit, Dein Leben zu überdenken und dein Blick auf Positives zu Lenken!

Schau in den Himmel, der mal Dunkel, mal hell, das können deine Gedanken ganz schnell.

Halte die Tage fest, die Strahlen, Du kannst Dir dabei die Zukunft Bunt mahlen.

Selbst wenn es regnet, Du wirst es sehn, ist auch noch ein Regentag schön!

Sieh es doch mal ein, das Leben, es wird nicht immer Negativ sein.

Es geht immer Berg ab, Berg auf, schau in die Zukunft, und freu Dich drauf!

37. Winter – Frühling

Die Blätter fallen von den Bäumen, ich will die letzten Sonnenstrahlen nicht versäumen.

Da kommt er schon wieder, der Winter mit Schnee, und ich finde ihn nicht mehr, den Glücksklee!

Die Zeit, sie wird nun wieder kalt und nass, das nach draußen gehen, macht nun wirklich nicht mehr Spaß.

Sei es, man liebt den Winter sehr, dann fällt auch die Zeit wirklich nicht schwer!

Dann steht endlich der Frühling wieder vor der Tür, das gefällt allen, besonders auch mir!

Alles beginnt nun neu, so wie Blätter am Baum,

jetzt beginnt er wieder, der Sommertraum!

38. Der Winter

Der Winter ist da, er steht vor der Tür,

ich lasse sie zu;

der Winter ist schön, doch, lass mich damit in ruh!

Was für eine Winterpracht; wer hat sich nur diesen Quatsch ausgedacht?

Ich stampfe durch den Schnee, mir ist eiskalt, ach wie schön ist doch der Winterwald!

Die Autos Fahren durch den Matsch, ich sags doch, „schöner Winter", alles Quatsch!?

Der Frühling naht, ich freu mich drauf, nun lasse ich auch wieder die Haustür auf!

39. Träumen

Ich seh einen Film und weine sehr,

aber in Wirklichkeit sind die Träume viel mehr.

Damit keiner sieht, es geht mir schlecht, kommt so
ein Film mir gerade recht!

40. Früher

Früher haben wir gelacht, unsere Einkäufe mit Netzen gemacht; mit der Milchkanne kauften wir direkt,

von der Kuh, „Zack", und kannten gar kein „Tetrapack"!

Sonntags saßen wir mit Mama und stopften den Strumpf, nähten ans Kleid den Tüll, heut landen die Sachen sofort in den Müll.

Aus Essensresten wurde ein „Restetag" gemacht, ist nicht im Müll gelandet, und die Kinder haben sich mit Freude darüber hergemacht!

Aus alten Laken wurden Putzlappen gemacht, die konnten super Polieren, wer hätte das gedacht.

Es gibt noch etliche Sachen, wie ich das so seh, die Jugend heute geht zu demonstrieren;

und was sie so sagen, das tut uns Alten sehr weh!

Wir haben auch protestiert, in jenen, vergangenen Jahren, das solltet Ihr auch mal erfahren!

Und irgendwann sind wir aufgewacht und haben uns an die Arbeit gemacht.

Jede Generation ging mal auf die Straße auch, doch ohne Taten bleibt alles nur Schall und Rauch!

Becher To Go machen sehr viel Müll aus, und wir gingen mit der Thermoskanne aus dem Haus.

Wir konnten noch Stopfen, Stricken, Nähen, und nicht nur Rumlaufen und auf das Handy sehen!

Habt ihr euch jemals über früher Gedanken gemacht?

Nein?

Das hab ich mir gedacht!

Weitere Bücher von Karin Hübner

One Way nach Mallorca: Traum oder Albtraum

ISBN-13: 978-3746047522

Der Hundehimmel muss noch warten

ISBN-13: 978-3741290343

Das Fenster der Träume

ISBN-13: 978-3752804706

Ich wollte Dir noch soviel sagen: Der Brief

ISBN-13: 978-3746026220

Biografie

Karin Hübner, Autorin, ist in Lübeck am 11.11.1953 geboren, hat 1972 in Berlin geheiratet. Sie hat 3 Kinder und daraus 8 Enkel.

In Berlin war sie 20 Jahre selbständig mit einer Wäscherei. 2003 ist sie mit ihrem Mann nach Mallorca ausgewandert. Als ausgebildete Dipl. Ayurveda Masseurin arbeitete sie in zahlreichen Hotels und hat jetzt begonnen Bücher zu Schreiben.

Das erste Buch >Ausgewandert nach Mallorca - die Wahrheit< beschreibt ihre Auswanderung in allen Einzelheiten, sozusagen Tatsachen und echte Erlebnisse. Heute ist Sie Rentnerin und Lebt mit Ihrem Mann Auf Mallorca.

Besuchen Sie auch ihre Facebook Seite:

karin hübner